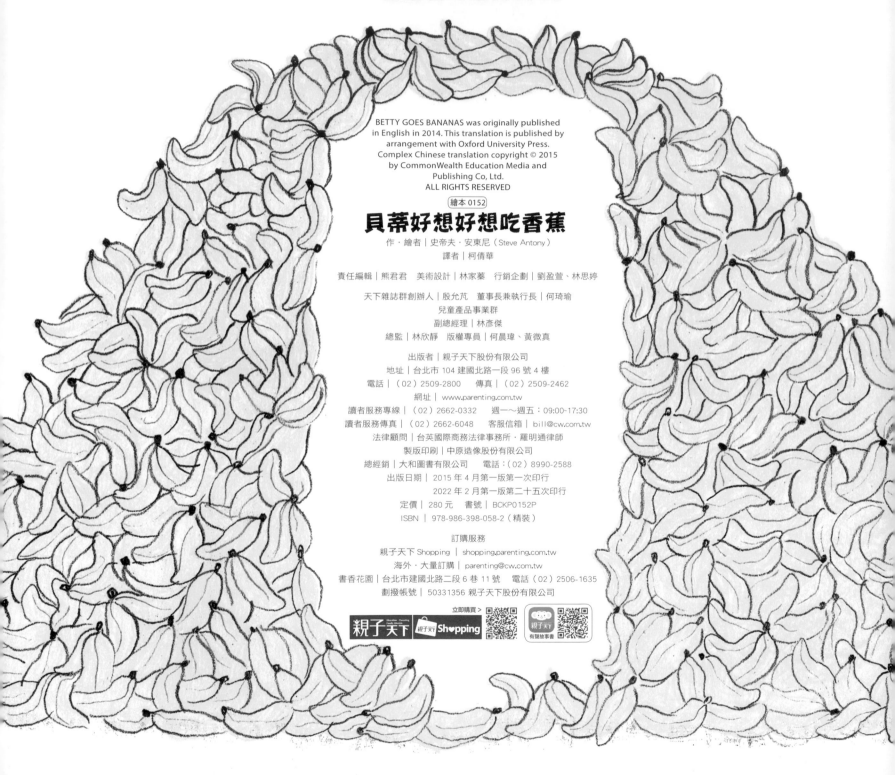

獻給我的姪女Jess

繪本 0152

貝蒂好想好想吃香蕉

作・繪者｜史帝夫・安東尼（Steve Antony）

譯者｜柯倩華

責任編輯｜熊君君　美術設計｜林家蓁　行銷企劃｜劉盈萱、林思婷

天下雜誌群創辦人｜殷允芃　董事長兼執行長｜何琦瑜
兒童產品事業群
副總經理｜林彥傑
總監｜林欣靜　版權專員｜何晨瑋、黃微真

出版者｜親子天下股份有限公司
地址｜台北市 104 建國北路一段 96 號 4 樓
電話｜（02）2509-2800　傳真｜（02）2509-2462
網址｜www.parenting.com.tw
讀者服務專線｜（02）2662-0332　週一～週五：09:00-17:30
讀者服務傳真｜（02）2662-6048　客服信箱｜bill@cw.com.tw
法律顧問｜台英國際商務法律事務所・羅明通律師
製版印刷｜中原造像股份有限公司
總經銷｜大和圖書有限公司　電話：（02）8990-2588
出版日期｜2015 年 4 月第一版第一次印行
　　　　　2022 年 2 月第一版第二十五次印行
定價｜280 元　書號｜BCKP0152P
ISBN｜978-986-398-058-2（精裝）

訂購服務
親子天下 Shopping｜shopping.parenting.com.tw
海外・大量訂購｜parenting@cw.com.tw
書香花園｜台北市建國北路二段 6 巷 11 號　電話（02）2506-1635
劃撥帳號｜50331356 親子天下股份有限公司

貝蒂
好想好想吃香蕉

文‧圖 **史帝夫‧安東尼**　　譯 **柯倩華**

貝ㄅㄟˋ蒂ㄉㄧˋ肚ㄉㄨˋ子ㄗ˙餓ㄜˋ。

她ㄊㄚ看ㄎㄢˋ見ㄐㄧㄢˋ一ㄧ根ㄍㄣ香ㄒㄧㄤ蕉ㄐㄧㄠ。

她ㄊㄚ想ㄒㄧㄤˇ要ㄧㄠˋ吃ㄔ。

可ㄎㄜˇ是ㄕˋ，香ㄒㄧㄤ蕉ㄐㄧㄠ……

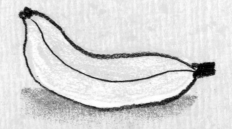

剥不開。

貝ㄅㄟˋ蒂ㄉㄧˋ試ㄕˋ著ㄓㄜ˙用ㄩㄥˋ她ㄊㄚ的ㄉㄜ˙手ㄕㄡˇ、

她ㄊㄚ的ㄉㄜ˙牙ㄧㄚˊ齒ㄔˇ、

甚ㄕㄣˋ至ㄓˋ她ㄊㄚ的ㄉㄜ˙腳ㄐㄧㄠˇ，

突ㄊㄨˊ然ㄖㄢˊ……

貝ㄅㄟˋ蒂ㄉㄧˋ哭ㄎㄨ了ㄌㄜ˙。

哇ㄨㄚ哇ㄨㄚ哇ㄨㄚ哇ㄨㄚ哇ㄨㄚ哇ㄨㄚ！

她ㄊㄚ吸ㄒㄧ吸ㄒㄧ鼻ㄅㄧˊ子ㄗˇ，

哼ㄏㄥ哼ㄏㄥ！

哼ㄏㄥ哼ㄏㄥ！

踢ㄊㄧ上ㄕㄤ踢ㄊㄧ下ㄒㄧㄚ，

碰ㄆㄥ碰ㄆㄥ！ 碰ㄆㄥ碰ㄆㄥ！

大ㄉㄚ聲ㄕㄥ尖ㄐㄧㄢ叫ㄐㄧㄠ，

啊ㄚ啊ㄚ啊ㄚ啊ㄚ！

直ㄓˊ到ㄉㄠ，她ㄊㄚ終ㄓㄨㄥ於ㄩˊ……

平_{ㄆㄧㄥ}靜_{ㄐㄧㄥ}下_{ㄒㄧㄚ}來_{ㄌㄞ}。

「你_{ㄋㄧ}不_{ㄅㄨ}需_{ㄒㄩ}要_{ㄧㄠ}這_{ㄓㄜ}樣_{ㄧㄤ}。」
大_{ㄉㄚ}嘴_{ㄗㄨㄟ}鳥_{ㄋㄧㄠ}先_{ㄒㄧㄢ}生_{ㄕㄥ}說_{ㄕㄨㄛ}。

「注意ˋ。我ˇ示ˋ範ˋ給ˇ你ˇ看ˋ，
怎ˇ麼˙剝ㄅㄛ香ㄒㄧㄤ蕉ㄐㄧㄠ皮ㄆㄧˊ。」

大ㄉㄚˋ嘴ㄗㄨㄟˇ鳥ㄋㄧㄠˇ先ㄒㄧㄢ生ㄕㄥ示ˋ範ˋ給ˇ貝ˋ蒂ˋ看ˋ，
怎ˇ麼˙剝ㄅㄛ香ㄒㄧㄤ蕉ㄐㄧㄠ皮ㄆㄧˊ。

可ㄎㄜˇ是ˋ，香ㄒㄧㄤ蕉ㄐㄧㄠ⋯⋯

是ㄕ貝ㄅㄟˋ蒂ㄉㄧˋ的ㄉㄜ，她ㄊㄚ想ㄒㄧㄤˇ要ㄧㄠˋ自ㄗˋ己ㄐㄧˇ剝ㄅㄛ。

貝ㄅㄟˋ蒂ㄉㄧˋ看ㄎㄢˋ看ㄎㄢˋ香ㄒㄧㄤ蕉ㄐㄧㄠ，　　　　看ㄎㄢˋ看ㄎㄢˋ大ㄉㄚˋ嘴ㄗㄨㄟˇ鳥ㄋㄧㄠˇ先ㄒㄧㄢ生ㄕㄥ，

再ㄗㄞˋ看ㄎㄢˋ看ㄎㄢˋ香ㄒㄧㄤ蕉ㄐㄧㄠ，　　　　　　突ㄊㄨˊ然ㄖㄢˊ……

貝ㄅㄟˋ蒂ㄉㄧˋ哭ㄎㄨ了ㄌㄜ˙。

哇ㄨㄚ哇ㄨㄚ哇ㄨㄚ哇ㄨㄚ哇ㄨㄚ哇ㄨㄚ！

她ㄊㄚ吸ㄒㄧ吸ㄒㄧ鼻ㄅㄧˊ子ㄗ˙，

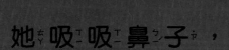

哼ㄏㄥ哼ㄏㄥ！
哼ㄏㄥ哼ㄏㄥ！

踢ㄊ一ˊ上ㄕㄤ˙踢ㄊ一ˊ下ㄒㄧㄚˋ，

碰ㄆㄥˋ碰ㄆㄥˋ！

碰ㄆㄥˋ碰ㄆㄥˋ！

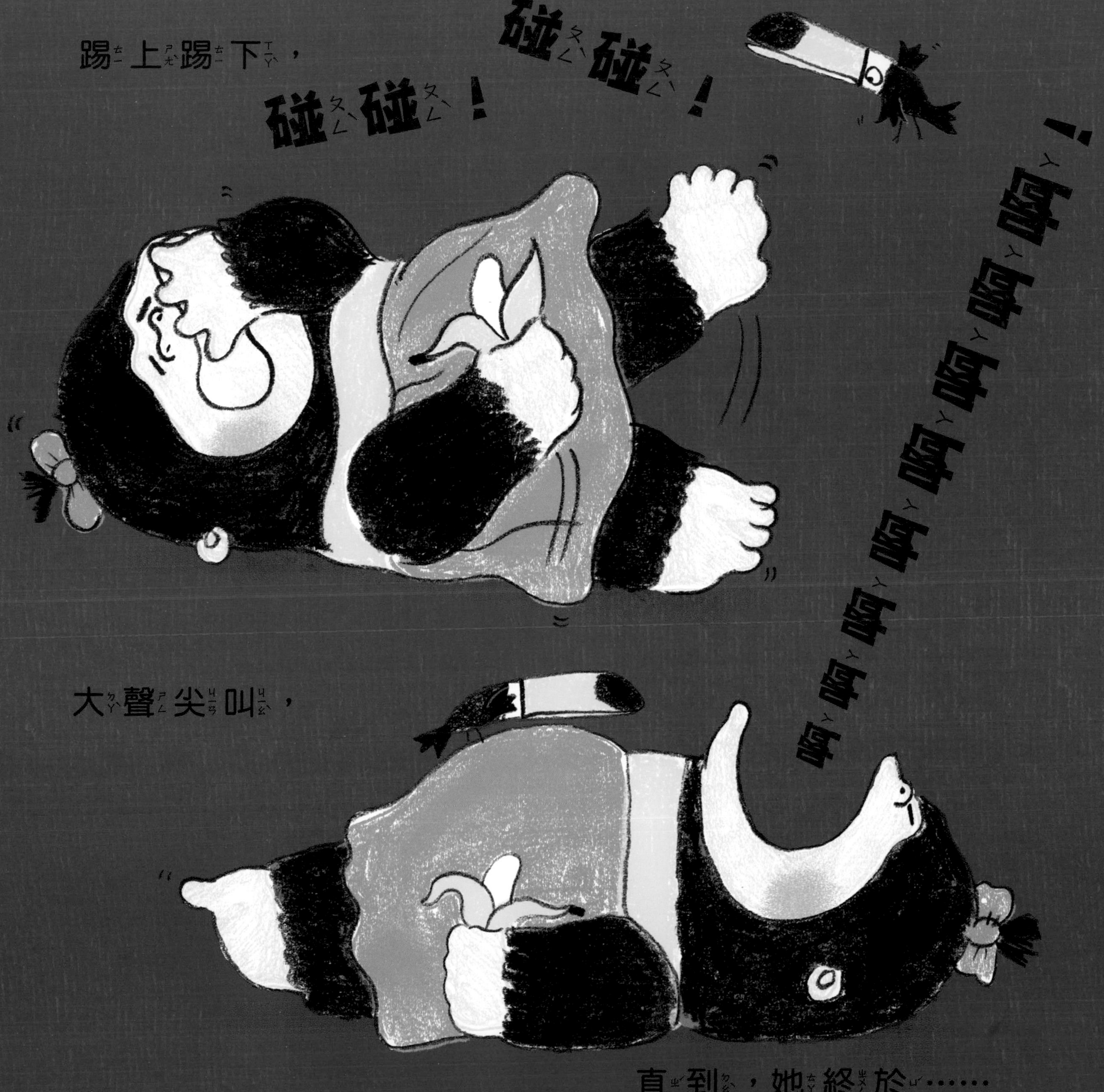

啊ㄚ啊ㄚ啊ㄚ啊ㄚ啊ㄚ啊ㄚ啊ㄚ啊ㄚ啊ㄚ啊ㄚ！

大ㄉㄚˋ聲ㄕㄥ尖ㄐㄧㄢ叫ㄐㄧㄠˋ，

直ㄓˊ到ㄉㄠˋ，她ㄊㄚ終ㄓㄨㄥ於ㄩˊ……

平靜下來。

「你不需要這樣。」
大嘴鳥先生說。

「你下次再拿到香蕉，就可以自己剝皮了。」

貝ㄅㄟˋ蒂ㄉㄧˋ正ㄓㄥˋ要ㄧㄠˋ吃ㄔ香ㄒㄧㄤ蕉ㄐㄧㄠ。

可ㄎㄜˇ是ㄕˋ，香ㄒㄧㄤ蕉ㄐㄧㄠ……

斷了カメラ！

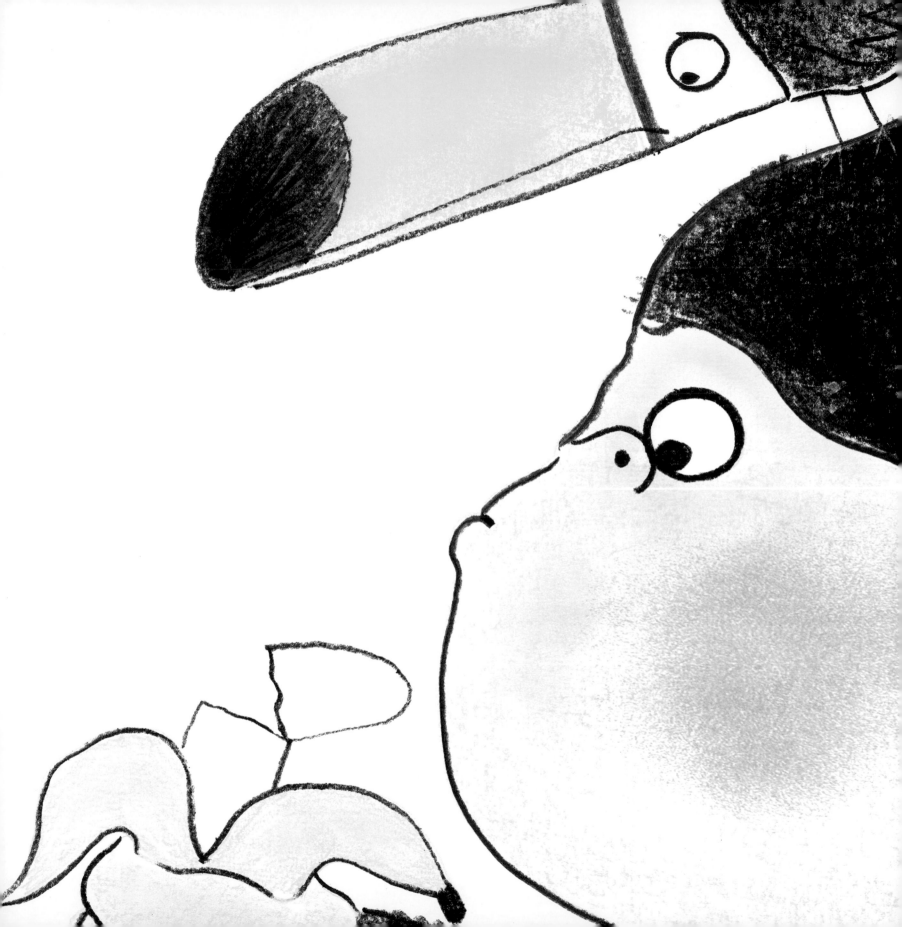

貝ㄟˋ蒂ㄉㄧˋ哭ㄎㄨ了ㄌㄜ˙。

哇ㄨㄚ哇ㄨㄚ哇ㄨㄚ哇ㄨㄚ哇ㄨㄚ哇ㄨㄚ！

她ㄊㄚ吸ㄒㄧ吸ㄒㄧ鼻ㄅㄧˊ子ㄗˇ，

哼ㄏㄥ哼ㄏㄥ！

哼ㄏㄥ哼ㄏㄥ！

哼ㄏㄥ哼ㄏㄥ！

踢ㄊㄧ上ㄕㄤ踢ㄊㄧ下ㄒㄧㄚ，大ㄉㄚ聲ㄕㄥ尖ㄐㄧㄢ叫ㄐㄧㄠ，比ㄅㄧ之ㄓ前ㄑㄧㄢ更ㄍㄥ大ㄉㄚ聲ㄕㄥ。

碰ㄆㄥ碰ㄆㄥ！

碰ㄆㄥ碰ㄆㄥ！

啊ㄚ啊ㄚ啊ㄚ啊ㄚ啊ㄚ！

啊ㄚ啊ㄚ啊ㄚ！

直ㄓ到ㄉㄠ，她ㄊㄚ終ㄓㄨㄥ於ㄩ⋯⋯

平_{ㄆㄧㄥˊ}靜_{ㄐㄧㄥˋ}下_{ㄒㄧㄚˋ}來_{ㄌㄞˊ}。

「你_{ㄋㄧˇ}不_{ㄅㄨˋ}需_{ㄒㄩ}要_{ㄧㄠˋ}這_{ㄓㄜˋ}樣_{ㄧㄤˋ}。」大_{ㄉㄚˋ}嘴_{ㄗㄨㄟˇ}鳥_{ㄋㄧㄠˇ}先_{ㄒㄧㄢ}生_{ㄕㄥ}說_{ㄕㄨㄛ}。

「不_{ㄅㄨˋ}然_{ㄖㄢˊ}，你_{ㄋㄧˇ}要_{ㄧㄠˋ}不_{ㄅㄨˋ}要_{ㄧㄠˋ}把_{ㄅㄚˇ}香_{ㄒㄧㄤ}蕉_{ㄐㄧㄠ}給_{ㄍㄟˇ}我_{ㄨㄛˇ}？」

貝ㄅㄟˋ蒂ㄉㄧˋ吃ㄔ掉ㄉㄧㄠˋ香ㄒㄧㄤ蕉ㄐㄧㄠ……

香蕉的味道

非常美妙！

好好吃！

突然……

貝ㄅㄟˋ蒂ㄉㄧˋ看ㄎㄢˋ見ㄐㄧㄢˋ另ㄌㄧㄥˋ一ㄧ根ㄍㄣ香ㄒㄧㄤ蕉ㄐㄧㄠ……